近／视

杨金翰 著

长江出版传媒 长江文艺出版社

杨金翰

辽宁省作家协会会员，武汉大学现当代文学专业在读，有作品发表于《诗潮》《江南诗》《中华文学》《今古传奇》《河南诗人》《辽宁诗人》《长江丛刊》等刊物。

目　录

辑三 误入世界

辑一　送我回家的是一个异乡人

送我回家的是一个异乡人，送我回那座小镇
十小时的车程，他慢慢地过继我
他的漂泊十年的肉身
……
保管他的肉身能继续漂泊十年

我们相爱

送我回家的是一个异乡人，送我回那座小镇
十小时的车程，他慢慢地过继我
他的漂泊十年的肉身
过继他的每一条街巷、每一次搭伙沽酒的路人
营口东站，我们不告而别
提走他的行李箱，保管他的被褥、睡枕

保管他的肉身能继续漂泊十年
曾经，他带我走遍异乡，吃遍黄昏小街小巷
他指给我他最爱的不知名酒馆
说里面有我一见钟情的金发女人
他分凌晨的睡眠一半给我
半支音乐和半吻的唇。我们

相拥，成为一具归属游子的清醒的灵魂

认　乡

趋炎附势好多年

热干面，最大的权势是在风里

小吃摊以后

我们只有在地铁　挤压陌生人

太困了，武汉

被困成故乡的样子

困在世界之南

执着于地理　是我世故的愚蠢

我的眼泪　从未逃离出去

——全部流回湿润的眶

我们将生存多年的异乡当作故土

而我们出生的地点

只是最值得爱的亲人

和塑料里不能降解的时间

初 见

不在脐带、手术床，或保温箱
是在一句家徒四壁的晚唐诗
平平仄仄地划着桨
漫游水波，漾过接天莲叶
置我在怀，划向此刻的小屋
或遥远的水乡，
用没有标好的地址
降世前，我们透明的身体
不介意打转，有人毗邻
没有窗的国度念起唐诗
前一百页我听见海洋装进玻璃
再一百页我开始听见天花板，
慢慢听见房子、故乡
越来越清晰，天空传来诵经
和纸张被搬动的声音
不由自主地，我对空中
喊了一声"母亲"

途 外

如果白发生长可以成为习惯，
拂去衣服上的尘痕
不比日落
更是一个艰难过程，
每日经受天空的火烧：

如绸的白昼，燃烧金色漏洞
夜色牙膏般拥挤
从翕张的巢穴滴落大地，
我们开始认领

玄黄参半的暮色，
透过碰酒的玻璃
默认漂浮的鞋
以摇曳的进度踏上水边

比交通快，比"车马邮件"，
在江水和湖水的天气
惆怅地编起芒鞋；

比顺流、比没有烟波的轮渡

比去长安的高铁

（进站前，这座建筑

代替我们手指

遮掩目的地的落日）

一张车票只是一次远方的饵，

多少次我们蒙冤

为团圆的此刻，习惯改道

去江边垂钓

谈笑风生，闲话渔樵，

在没有地址

为远方作注的途中

静夜思

只发生在门槛外的事

当故事听，

才开始遥远

照亮枯萎的手电

年轻的母亲，制止

摸黑乱跑的孩子

深井旁明月，庇佑

一次接一次失足的危险

回家或唤长大

锐意变革的人群

摩肩接踵

比从前更有序了

一个接一个地踩进

标识 X 城的

站牌倒影中

我们雀跃拥挤着

离开后，

故乡多少年

未发生过踩踏事件

妈妈

用温柔的语气说

井盖不要乱踩

哄不好的游子

依旧在哭

只有月光

还保留着

儿时

踩井盖的旧俗

回乡关灯睡觉

我想和你虚度灯光

从一盏凌晨到另一盏子夜

中间不过半个时辰

这距离，足够我们

在操场圆形轨道

沉默着并肩

要虚构几圈聊天记录

谈起各自的故乡

出生地疯长

我们各自熟悉的词

灯光下，我们不再尴尬

后来我们绝交

我逃回默认的故乡

你指涉的一切

我都企图避开，比如

"灯光"

你混进陌生的车轮

伫立在马路边缘

有多少次，我刻舟求剑

为一道不辨真伪的

记忆之痕

成功媚俗了自己

可是，只要是故国的土地

终躲不过华灯初上

我不愿见证夜幕

再次来临

天亮后，送母亲去地铁站

会看见告别的事

你总是先于我，领略梦的危险

我怀抱你的鼾声，却思念另一个在我梦中临水照花的女子

而你一定在思念　守在你身边胡乱清醒的我

梦境里你和另一个男人堕入遥远的故乡

他眉目和我几多相似

他守在你身边同你思念"守在你身边"的儿子

我仍然"思念另一个在我梦中临水照花的女子"

突然惊觉，我对不起咱们一起生活过的清贫的年

对不起你用新鲜血液将我渡来这人世间

明早，我发誓要被你带着

坐在古老的小摊窥视你的容貌，顺便吃早餐

要你再说一次余生缠绵的废话

要你抢过我的手机发现我的隐私

要你允许我撒娇，听你展望暮年，妈妈！

请不要背起我童年用过的黑书包

在清晨无人的地铁站，神奇地消失在人海里

妈妈！请留下！留下来训斥我！

爷 爷

在我只会说祈使句那年，妈妈打了我
筷子不可以被捡，饭不可以被重做

在我只会说祈使句那年，不可以嘴馋
爸爸锁住的零食柜，被偷偷地开了锁

在我只会说祈使句那年，擅自去河边
老人们饭后散步的辽河，
奶奶总说"老头子啊，也等等我"

在我只会说祈使句那年，大人在上班
我习惯了晚五点前抄完作业
以及每日停在校门口接我的自行车……

而我家门前，终究不再是辽河
而没锁好的，终究上了锁

故　人

既然我们早就认识了

既然我们刚刚熟悉了

那么再见你时

你就是故人

这儿就是故乡

似水流年

武汉的雪，只落在心上，不落在地上
我的心脏每年都积累不合时宜的雪
我挂着它，撑过好些个秋
它融化：有太多年，
我不必开坛畅饮
我有幸啜饮心头轮回消失的雪
这味道正是白开水

它维持我生命好多年
有太多年，我不能开坛畅饮

有时候

给我一扇窗
一个四十五度仰角
再加一朵云
一根芦苇
和一方齐天的土豆田
我敬奉院中的老槐
借一根残枝
掠两滴大辽河水
就可以画三个秋天了
可我今天，锁住窗
挂了不透光的帘
我把地平线修得笔直
焚一炷香，虔诚祈祷
万里无云的艳阳
拾一颗裹进泥土的小土豆
找来园艺师精心修剪
陪我经年的老槐

我呀，我是怕
我怕那万事俱备得太快

因为长江以南

就再没有秋天了

流　年

我舍不得来
冬，把最后一点雪都用尽了
我不得不来
我记得，清晨呼啸的列车上
有一位年轻的母亲
怀里抱着婴儿　定时
哄他睡觉，给他讲故事

可是，金钟摆厌倦了
陪她十年的盆景
不再为她报时

黄昏让人充满渴望
深夜，呼啸声已然停止

临水照花人

一

每当黄昏隐匿时
那些住在海边的人才知道
凡间袅袅炊烟撑不起这无常的夜晚
于是我抬起高傲的头颅，望着大地上的山珍
快看，它们正谦恭地藏身于黑暗，蠢蠢欲动，苟延残喘
以待栈道上的孩子、青年和老人

我的故乡守着一片海
我曾是栈道上的一员

二

孩子们学着式样纷繁的特长
青年们做着堆积成山的功课
老人们望着斜晖，撑一顶凉棚，泡一壶清茶
他们都说自己是海的孩子
栈道上的人啊

临海照花　谁不曾几度风华

在一盏忽明忽暗的灯下

从梦境到现实再到梦境

从少年到成年再到顽童

那些年梦中的春。

他们说栈道上的芍药很美

夜半时分

却又被道旁斜生的荆棘痛醒

这辗转的旅途啊，有人在黑夜里都忙着赶路

月半几回，花开几载

任何人一生下来就，注定了拼尽全力，

穿越汹涌的时间的海

最美是临水时的一霎

奈何海水混沌

照不见凡人的绝代与卑躬

三

常忘冬阳午后

不见梦里春秋

如今的我依然奔忙于旅途

只是同海滨的栈道渐行渐远

从北到南，从寒到暖

我只知道这里是长江

踌躇满志却辨不得方向

看缥缈水系从蔚蓝变成碧绿

想皑皑雪落是明年绝色的樱开

临水观，哪知下江南

这是多少人的迷误

把那个青年臆想成临水照花的女子

消极地回味着民国里的故事

滥用回忆

导航目的地：略

导航的数字：10，5，2，1……

就在街道口地铁站的某个出口的

夕阳、长庚或者落日

ABC 还是 D

从那里，崎岖的路

不过几里了

"还有一里么?"

（0.9，0.8，0.7……）

"不远，没有一里了，不过还未到。"

"你那里，还有多远才能到呢?"

"不远，不远，就快要到了

也就是往前个

一年半载、秋去春来。"

预　测

明早没有人流泪
没有人送我去东站坐火车
我吃早饭
穿好鞋子
万物行止自有它的幅度
偶有例外
穿完鞋子，站起来
玻璃外的视点终会消失
站起来，从门
一步步走完
偶有例外，脖子很酸
脖子行止自有它的幅度
我上车
玻璃内的视点终会消失

明早我送我
去营口东站坐火车
明早没有人流泪
我吃早饭
穿好鞋子

这之后

脖子很酸

我不希望有人送我

江南月光酒

陪爸妈吃火锅，爸妈陪我
"就一份鸳鸯锅底"
"或者都换成辣" 小声嘟囔
震响了稀释回忆的胃
为更接近江南米椒
我趴在四十二度北纬吃辣
争取比拼过那天明月：
那天起，我慷慨施舍味觉
无数次起死回生的机会，期冀
每日光顾火锅的近视镜片
必品出它的麻辣鲜香
在热气升腾的模糊视界
我们赴约

月光辛辣，我们豪饮月光
成柔和的清辉
爸爸酒过三巡
妈妈递来一份酒精湿巾
我这才想起，地理书上的江南
是一种无关辛辣的
唤作甜的东西

远

假小子那年

待长发及腰，她已经远行
那年跳下秋千，寻那个乱丢行囊的秋千少年
"我叫远方，敢问姑娘芳名"

夭

远方不大，远方的我们也不大
险峰不大，汪洋不大，我们坚信着，不畏谗言
黄昏，哪怕那被敬仰的身影，现有人唤作"夭"

有所有

除了遥远，还有一张白纸
画下风雪，期待某个"从明天起"的海子
再画个稗子多情的春天吧！谷雨未亡，子不语

行　脚

我挣扎的长长长长的一张床，和枕上
寂寥的隐喻。线段、洞穴和太阳
作者在哭，"我在里面无声地锯"

花　期

约好了出发的日期

错过了你的盛宴

我义无反顾地向南

你依旧如画眉眼

这是千里之外

你未曾送我离开

这里到处是你的身影

只是没有你

当初你还小

是妈妈把你带回了家

此后你就在花盆里慢慢长大

慢慢长大

我陪着你，你陪着她……

一字之遥

分手
或是一段
从属关系
关于自然的、真实的
地理

你在辽河边打鱼
我在大辽河边
等你

辑二 你需领受一切离别

它抗议着人群继续计划的精确到万万分之一秒的离别
也抗议着人间所有关于离别的恩赦，抗议你，抗议我

阿房宫已荒凉成赋
未央宫已废置成词
没留建筑、寰宇，也没留明月
如今宫殿已消融在
春天的水边。

你需领受一切离别

一场雨过后，我偷窥我过去的生活

默念如阳光乍暖时消音的流水

载过颠簸的船舶碎片，在守旧的泥土

搁浅。我们占领着各自的礁石　喧嚣在静默的泥滩

谁也不能说服谁。多好呵，离别的这一瞬

空调骤停，夏季温暖如春天，削冷的果皮蜷缩在温暖的铁锈

淋雨前安详地领受：一寸寸地，氧化时穿透自己

如主动浸泡在窗外单调如蝉的白光：

它来自七月和风里的偶尔眼晕，和

你搬不动行李钩起素色裙襟。而我们依旧领受腐坏的水果

在不能赠予之前。春天就荒唐度去　携着空调屋里

余温的杜撰。人群疲惫地坚信万物的规律

是在某个偶尔温暖的季节，负责遣散温度的

雪糕：融化成冰雪初消的形状。

它抗议着人群继续计划的精确到万万分之一秒的离别

也抗议着人间所有关于离别的恩赦，抗议你，抗议我

城　池

黑夜松垮得像半块海绵，渗漏

昨日的新雨，顽固铭着酒香

这世界总来不及蒸发

我接半小杯啤酒就醉，伏在梦里

贪杯：梦我们在不相熟的时辰

赌书泼茶，推杯换盏

玻璃泛起涟漪，黄昏是窗外咫尺的倒影

浊如黄河的部分，正哺育着

晨昏更替的羊群；而远方清澈

我们只有几面之缘，却清澈见底

……直到最后，书也是湿的

没有说出的话，会蜕变成涎

润唇和暗示，醒

在春天以上，未满夏天的芒种时节

这固若金汤的白昼

偷渡不来一刻乱撞的潮信

人们偷偷查阅对方，像翻阅异邦辞典

那般谨慎。直到月色重淋

除去今夕不是云

身体膨胀的速度，快于我们长大
我们将空旷的部分
分发给童年，又打包给年暮
轮廓里，仍有太多处
是没有归宿的零余
在云层里飘浮
冲击成灰白色的河岸
我将这些未知之地
称为年少拖延

每年，要将它们除去一次
今天我们不望明月作为中介
云之外，人间团圆。用胃
除去老酒、剩菜和陈醋
就一盘零点钟的饺子包满历史

吃完以后就只能长大
一部少年发展史也是一部离思

旧　月

胃镂空，月光也镂进来，连同
高热量的人群、小吃摊和汽车尾气
走上三个月，沿深夜色街边：
低卡路里的故人、低卡的灯光
和低卡的往事
越往回越是瘦淡的街景
越遥远越健康

月光如高汤汁熬煮上次冬天的肉体
苍白。文火慢炖，夏天开始收汁
灶台里，近处的街被月光烹饪
就近在小吃摊，吃玄黄色汉堡
节省水，节省梦，不必节省月光
如汁的月光、收不完的月光
熬煮不进新的街巷
远街里流，浅如脱脂的奶

就这样月色寡了夜，几个时辰后
太阳刷了整个天空
明媚遮住所有月色溢美之词

她和我们

几句话，囚禁在喉头最接近风的位置

太多稀释的词语食道里排着长队

关于爱，你嫉妒着扼我

我发誓句号以前，就带你离开

泪水做沉默潮湿的药引

你躲进被卡车撞得残缺的老牌坊，隐居在巷子里，饮。

双喜铁板烧吗？我的胃口还不怎么空，我的胃只是这座寂寞
　的城。

余晖中我们望不见流浪在阳光下的白昼

求求，把她的一句回答借我

借我她的敷衍、她的失眠和微弱信件

她终于明亮在手机屏幕的词语——是一束赤裸的灯光：

彻底地凌迟黑暗里你我万千褶皱的枕头

我们在惨白的午后被群众温柔碾压的轮廓

已凌迟成另一个我。

雨后的雨①

拾起写日记的坏习惯
雨后，雨终于落了下来

"那一日，'夏天还很远'
湖滨 CBD 还很远
雨中，她误入烟火买饭

她没穿白色裙子
她淋在雨中的裙子，像雪"

雨后的雨，落在经验之外

当意境倦于词语
经验倦于荒芜
雨后，光阴
被七月的诗人宠坏

我们要分别发愿

---

① 即"雨后写雨"。

等肉体领受真正的雨水后
将雨的日记，重新撰写

就做个不再虚构的史官
省略夏日的白

保洁阿姨

我回归夜色时会经过一条小巷

里面住着崭新的故人

如刚刚出土的文物

星光灿烂

ta 偶尔倚靠在世界一隅

那里正好是扫帚和阴霾

白天，我记得

无数个来过这里的保洁阿姨

暴力的流年

只是时间的缘故

所以"迟钝中

我们变晚"①

须臾间，这座城市

流俗地早了十年

梧桐躲在雨的来临

倒叙着飞

恰如奔忙的年代

你的废墟被还原

成我素昧平生的断墙

镜头渐远

眉睫中，更多掩遮寰宇的絮

被无踪地小了：压缩进

供应回忆的阑珊里

漫天起舞的模样

---

① 出自伯兹桥诗歌《迟钝中我们变晚》："靠拢。觉察。迟钝中
我们变晚/变暗……"

赘述活动室门口

有风。所以有理由被关怀"感冒"

风外有门，正赶上无人看守

自动贩卖机，废纸箱，禁闭的窗，地上划痕

我误会它们颓废，成为无聊的隐喻

魅惑我转向关注一个人类：

在门与门之间：铺满笑脸（有人惊艳）

余人负责迎合，打闹，谈论天气和八卦

而玻璃，紧锁于空气暗黑的世界里：

外面看不大清，保安在柔和的灯里吃饭

以上是活动室门口的客观描述

至于"你回来时，我无意在门口坐着"

这一句，已被我删除

冬衣的爱情

南方的冬天，不可能太冷
没有供暖，没有第二层玻璃
所以，我很薄，身体肿胀得难受
内部湿润，外形干燥
隔着软腻的肌肤，窥视血管

我多次被质问。我羞涩，不予回应。
丝绸、氨纶、棉，或是
纬向稍差的滑面？
我没什么专利，裹去天堂的主人
或是伪装成神圣的寿衣
嗅着精美的尸体

有且仅有，是每日清晨，极小心地
呵护你的双肩——
怕她受寒，怕她胡乱拥抱后
只记住了魁梧强健的风尘
我本该忘记爱情，从天气本该渐暖
开始。

南方的冬天，太冷成为可能

我们打了个照面，然后擦肩取暖

A　家

半夜得到消息，墩墩被彻底送走了

不是姥姥家，不是舅舅家，也不是姑姑家

而是某个叫 A 的人家

据说 A 家人很喜欢或是很讨厌小动物

不必担心的是，A 家人离我家不远

就在或北或东或南

西方的可能性最大，虽然西方是大海

不必挂怀在于，A 家人和我们的关系很近

就是姥姥的表妹的表舅家

姥姥的表妹的表姑家也有可能

虽然姥姥没有妹妹

但我笃定———

这之间，相隔不过几个所属名词

这之间，相隔不过几个所属名词

所以我想象得出，墩墩被送走后人类长舒的

那口气

以及

墩墩趴在 A 家的某个胸口上

以为我回来的样子

危险旅行

困在人群这些年
没有按时写剧本
没有按时认识许多人
没有按时问好
没有按时说台词、走位
没有按时追光下转身
没有按时流眼泪
没有按时拥抱
没有按时牵手鞠躬告别
没有按时卸妆
回去的路上，
没有按时活着：
按时吃饭、睡觉、说话
我没有按时长大
也没有按时变老

危险旅行 2

做自己的外卖小哥，不定时接单
老板，再慢一点出餐
麻烦将面再煮一碗，多添些牛肉和辣子
老板，订单超时也没关系
我也是刚刚学会骑车
我的车闸还未修好
我的车把还不会转弯
为确保平安，顾客做我的保镖
依然上岗：青涩车技划开熟练的人群
用一柄尴尬的刀

"前方请注意"：两个憨直的街道
碰头以后，会缠成复杂的事物
注意路况，注意交通、世故和爱情
听说，在通往遇见你时的漫长弯道
春光如电，要减速慢行

溺

简简单单地飞
那天的灯光凌迟我雁尾，
灼烧我鸿羽，
照我落雁，骗我沉鱼
我身材短小
飞不过瞥你在云中
一念：振翅九万里
简简单单地飞
简简单单地没有专心去飞
为什么惊鸿总是
误入迷宫
又落入复杂的水
我还未及幻化成鱼

日 诊

几天后，我不会再在镜中照见
今日的偏头痛。发尾剪裁风
像半锈的水果刀，切开新鲜的日落。
时辰如贫瘠的水井，干涸来不及照花
疾病和走廊剥夺他们身中的水
正需要四溅的余晖。就诊的人群
比我更像荆棘，周身坠着
血：温暖或寒凉时，人们照例瞒着对方
健康地疾奔，电梯里挤满
曾深爱太阳的罹患余温的人
心脏送进虎口：牙科、内科、放射线……
诊断书从纯白雪后开满黑色梅花
鸟，依然被飞过，楼梯是低飞的翅膀
我停落在二楼，排起标本一般长队
诊室牌寻常赘述着"相思不受"
如今我病是为一场病不为一个人

回　来

办公室，她也在偶然地捡拾
要将和他的生活回归完整
我们礼貌地交流寻找钥匙的经验
人群早已习惯，越来越轻易掉落什么：
手机落下，充电器也落下……视网膜
流放在与她畅谈公务的黄昏
寻找要拼回的世界，我的走廊还残缺
办公室一角，积木横行的年代
一场地震会赦免所有轻浮的地址

还要拼凑多少次？门外剩下一场大雨：
我还未及买车，它的离合
会是古老的千里迢迢的颠簸玩具
轻易地抖落一颗褪色的心脏
在路边怦怦地大喊我：
"回来！"我的胃正在别处吃饭
用一个户口，分居两地，等零点钟

废　墟

要吃东西　吃掉阴郁

胃满时　我们如何修改菜谱

今晚的山珍已经故去

"你的消息在线上

被酒文化湮灭"

这只是一句古老的借口

他只是持久地不敢回复

回一句就少一言

里面是　令人心动的主语

和日夜无措的句读

偶尔地，它们碰在一起

酒桌上，不急着回复

他可能只是想

先怜悯着　吃掉一段往事

和往事里

被慢慢吃掉的自己

磁 石

每一顿，你是我
第一口炸鸡、第二口啤酒
计划着其余
用作餐饭，祈求饱腹
倒入胃中，生锈
混迹于一般的铁

食物，无法预知
成为铁的旅途
第二口炸鸡，第三口啤酒
"我依然"，或者
"我更加爱你"。

事实上，你是我
腹外不远处节制的人
我脂肪爆炸，肚子疯长
成为厚的山川
你的磁石
离我胃中的铁锈
"千里"

跪满炸鸡外卖的

垃圾桶旁

我身体内外的气压

因深情地贪吃，失衡

食管漫长，我的心

离此处不远

这里，只比地狱高出一个人间

阴暗，蠕动着

将自我贬谪的欲望

在你身前

南　来

—太阳直射南回归线，冬至日，北返。

不敢直视你的眼

我思忖向南　到南回归线

那里　我用余光正凝望你坐落在江城北纬

你眼中透过霾，等待地球的三月

一群朋友会从遥远的版图寻你

那时正值樱花开：

我已流亡向赤道，背影照亮你的脸

照亮身犯孟浪的过客

狱中偷写你的诗篇

冬至这天　我北上　却再未同你相见

我烧热我们相见的地点

检索旧操场

我终于敢直视　你在风中不停新建的旧址：

上面蹒跚着一群布满褶皱的旧孩子

他们偶尔会哭

我普照，默默无雨，泪腺发达过云

照　片

我们把色调，调整成

黑、白

企图告诉自己，那是往事

可以烘在阳光里

不是长门殿秋怨的黑

不是撕掉一千层故事的白纸褶皱

不是只用来做草稿的意淫的长夜

不是你我如厕时瞥见大地

保洁阿姨崭新洗刷出的圣洁

没那么恐怖伟大

当年我们互相故去，世界仍有新的时辰、旧的晨昏规律

残喘在下一个春日

如棉絮里风刮进铁屑，将头埋进柔软

却伤了眉目

我口鼻不再姣好，终于呜咽

我不敢再通过什么途径温习你的容颜了

减 重

"我爱你"一句
将夏日抻得长
长过一场停电
和那片废置的街灯
手中，你曾经的晚饭很沉
我沿着街灯寻回理想的轮廓

可我，不可以如愿：
那年灯光下还摇曳着我柔和的脂肪
温润自卑
如我小腹的爱
如街灯下偶然起舞的我的微胖

我离开的时候
街灯还亮着，只剩如今的我
假意步履匆匆地走过
留一个影子，瘦削如雨前的燕

白首如新又有什么不好呢？
既然人们都那样渴望：
人生若只如初见

减重 2

那年我卸下三十六斤思念
终于身体健康
我假装开始明白：
那些事物都埋伏在脂肪
惊艳且危险

那年我卸下三十六斤脂肪
如今又新添了十斤几两
我假装开始明白：
我只剩下二十六斤左右的思念

还是过于沉重了
要再卸下些什么，变得更轻
要将头发送去理发店中
流放

我假装开始明白：
我终于可以轻盈地上街

那年我腾出三十六斤脂肪

是为了安置这三十六斤思念

······

祝我身体健康

我的头发又慢慢很长

我的忧伤又慢慢在长

谚　语

橱窗前踌躇的一日
货比三家后
依旧做不出选择

都很昂贵
一家卖光阴似箭
一家卖度日如年
还有一家卖得
比较精确
"一小时卖六十分钟"
"一分钟卖六十秒"

只有春天临时免费：
沃土
种满时间的庄稼

计价器，降临了百年
已将数字撑破
停止时
一座小学掩埋大地

绽出古老的歌谣

童声嘹亮

"一寸光阴一寸金
寸金难买寸光阴"

桃子盒子

静置在餐布，一个桃子
慢慢成长为一粒种子的虚无
被牙齿淬炼后，锋利地，一种
匣子无尽地开了，不是撬开的，
自觉袒露没有关闭的宿命，没有
电动机括，一双手不用来剥
桃核如果肉从春天开始融化
在坚硬的碗中：两粒相斥的杏仁
争相味苦，食欲，被误会
成新的食物，做盘中餐浪费

仿佛，吃掉以后种下，才开始回忆
四方遮阳棚里，关于水果
和吃水果的闹市；
关于集散拥挤的货运车，如何买卖、运输
和，如何两三亩矮小的夕阳下
耕作紫色的核儿

拟声决绝词

有多少次，

下雨天，

我带着把雨伞，

却全身淋湿

有时顺路

送给一见倾心的过路人

或是在淅沥的回声里

倾斜，倾斜给伞之下另一半

然后，献祭给天

献给狼狈的初遇

如闪电

不顾性命地

奔逃过寥寥人间的照相

一往情深，偶尔也

被她不屑地抓拍

只留下落灰的

空白的胶卷

太阳底下

沉默着曝光三年

"骊山语罢清宵半"

你还在我心上么？

白天太晚

照片洗得迟

大雨终是

又在我犹豫是否顺路时

嘀嗒和噼啪

欢愉着冲刷掉彼此

以梦之媒

需要某些媒介诠释你的存在
比如黑洞、星尘，比如佛说三千世界
比如开往不知名的车站
临行，喝一大碗掺了水的孟婆汤

下午　十一点零八分，网速很慢
半展的身姿，这是我开始梦见的命题作文

抽烟，醉酒，冷漠，娇羞?
提笔时，我开始看不清轮廓———
"绝美的风景，你坐进东湖，打了马赛克"

这比从前好很多！从前，我们只有一个媒介
"网"。

最后，你们是怎么翻过去的

翻书：

很难

一页，

一页，

一页空气

一页睡意，

同样粗暴的动作——

我攀过

呼啸马路旁的围栏

一道

一道

我留过

不说再见的剧组

一次

一次

我蹲过

夕阳下的地铁站

一座

一座

我怎样走过

一人，

一人，

又一人

走路

很难

祈祷地铁站的夕阳不好看

围栏外的马路不呼啸

戏落幕时的"再见"不正式

我带着不惑，开始心安与兴奋

——总有同样轻浮的问题困惑我

教练说

你不停地说，熄火，熄火
你告诉我踩刹车，我偏要踩下油门
这才是我的本心
双脚之外，我想不到更好的方式
在我看来，及时止损依旧会压到停车线上的蝼蚁

既然离合早就不灵敏了
你在娴静如水的时候，何必自以为是地说
"每一颗心都该被温柔相待"
而你，完全可以从第一天开始就拔下钥匙

充　数

你和同你相识的人群恰好撞向我。（你之外，我看不见其他
　　人的脸）

于是你成群结队向我走来。

傍晚，我用近视镜的余光，成功搊住你离开时辰的背影，毫
　　无凭证地将它掺进胭脂薄暮。而你掺进的只是门外狠狠苍
　　茫的夜景。

我会从你走远之后的暮色，偷偷掺进我。

前　生

咕嘟咕嘟，要吃些清澈的东西

于是我将你的麻辣烫，倒入一勺红油……

红油终于足够映照出我们的脸

我们的月光

而这些，终于要吞噬胃

消化或没有消化

它们不属于我们的诚实的身体

我感受到　你发上的和风　奇痒

我沸腾于一个胭脂色的傍晚

这些温润的事物温吞地将我烧成

红油里的冬瓜，透明地

漂泊在碗

上辈子我练习吃辣，仿佛浸泡在月光里

不　辞

皮卡皮卡，时间要到了
吱吱呀，骨碌，咚
洗漱，梳妆，换上新衣，鞋子还没擦

皮卡皮卡，我要迟到了
呼哧呼——
嘀嘀（你的微信）
"到了吗""我……跑错了路"

皮卡皮卡，我迟到了
后门弄出一点点响动，
等全班回头，等你嘲笑
这样，反复练习
每次熟悉，脸红，又生疏

开始寻觅视野和距离的最佳位置
触手可及
"皮卡皮卡，老师都说了哪些话？"
"皮卡皮卡，谢谢你帮我拿书！"

皮卡皮卡，我又迟到了
后门是半开的
我习惯性端起七窍——"皮卡皮卡"
却没人再帮我拿书

皮卡，皮卡，皮卡……呜呜呜

近　视

春天的雾霭隔断你的踪影：
到视网膜的路程需逆风骑行
而你散步抵达，衣襟开满桃花
遮住缥缈的街衢：预报是晴，天空也变灰
视力允我只能看清最近钟情的人
而你身后世界，远如你途经的牌匾：
马赛克的字，失效的镜片，倒悬

仿佛递了眼药水给我，你说"离开"
我因不能送行而恢复视力审判远方
我开始牢记群山，眺望万水
心中一程一程为你相送
十里长亭是我广袤的心脏
从天空倦了晴，雨和日暮争相落下

料想此时下楼吃晚饭我们不会再相遇
满身轻松地出门，
从浮云卷霭到明月流光

影　踪

目送我的名字从十八楼坠落

摔出三十一段笔画和无数次人间

每次，你都择水而居：渤海湾的群鸥、

黄海码头、梅雨，秦淮还是湘江畔……

熟练地背诵水的名字：或是汉江云烟

今生今世，障蔽了多少猎奇的窗

窗外落日依然无辜地议论远景；

或是地图暂未注明的海域，蔚蓝如

"人"，这一次你或选择人潮，

水系横无际涯……

而你仍需用肺和双脚客居陆地之上

那一"点"更钝了，坠落以后

我看见，垂露有了臂弯

撇捺离散、长横拦腰摔得骨折

陆地打着石膏，阳光如药，人间是拐

××妹妹，你今寻常去吃早餐

不必再遇见名字遇见石头做忧愁的门槛

在你脚边：闹市依然落满

你熟悉的名字；而我的，碎成

空气中不可辨的句读，没流血

不明降水

我们比天空先落雨

（长跑时，说起雨，

我们流汗了）

身体是云

相聚之后，漂泊

回不同的省

说起不同的方言：

长江落起梅雨

渤海湾落雪

湘鄂雷阵

风景区行云

……

她的航班落雨

她的高铁落雨

听她离开，眼眶下雨

我们跑步，身体下雨

洗澡时，淋浴下雨

……

沸雨泡茶，我们熬夜

呷雨消化；

第二天，小雨清胃

温雨洗脸

我不必撑伞，

城市已被预报

滞留雨中。

而我如今地理

正是江南厄尔尼诺

多雨，祝她

默默暖冬

造 句

妄图划伤流水，利刃般的杂草，不染鲜血只多几滴春水
无力遮拦，也将河床顺势放过，毕竟青山
毕竟闸口、毕竟险滩、毕竟渔樵结伴、毕竟槲叶夕阳、
毕竟蜀道、毕竟淤坝、毕竟流霰、毕竟桃花……
何况你我，芜杂疯长的渔郎，又能阻碍什么
你唱运河又飘漫天矮纸①，上写满作古的渔船、消失的轮渡
堕水，原来往事竟这般顺流而下，没有九曲回肠情节反转
所以杂草无奈。只有曲折地，人们对坐在平静山水，
铺开纸墨杜撰：几岸支流几段险滩

"如果溯洄从之，如果道阻且长、蒹葭采采
如果大禹治水，如果天灾，如果上邪"
如果假设成真……
"如果毕竟东流去，我们如何翻新也避不开似水流年的套语
　　写不回相离的人"

---

　　① 化用自陆游诗句：矮纸斜行闲作草。

红豆生南国

被跟踪，不明飞行物在酒泊里低翔
来自威权，听说
是天外来客，遨游蓝天的履历，如今
也用折翅苍蝇作为行藏：你的影子
寻常如嘹声暗堡，客居天涯，所有客栈
危楼高百尺；你年年春色又增添几次回家
为躲避雷雨的凝视，机票指引晴空
风平、浪静，接站的人一次潮涨一次潮落
行李归还住址，裙上灰尘是唯一的异乡

越来越安全，国泰民安，我的故乡爱我
我的房子上锁，地基深种，我的卧室爱我
盼我平安，我的爸爸爱我妈妈爱我
……
在熙攘的宽街和超市边僻巷，灯火阑珊
不明飞行物说爱我，尾随，甩喉结的
陌生人说爱我，含情凝睇我三生三世：
我一次低眉、一次浅笑；春风吹彻
今生红豆又垂涎般爬满南国，相思入骨

自私的人

千年以后

囿于合目的性的珞珈山

找不见一块白色蜡版

刻下你返老还童的样子

用几寸稿纸（"矮纸斜行"）

抄一行 hypercritical 的英文单词

Hypercritical，伪善

——钟情于今晚的故事

钟情于今晚的故事

只发生在你离开之后

和写这首诗以前。

其余时间：自责　做梦

和宽恕

（用大半个白昼自我游说：

一位君子　悲天悯人）

或是为一篇忘情的佛偈——

无非般若的郁郁黄花

尽是真如的青青翠竹

以及半生欲言又止的病句

"你是我的罄竹难书"

也没想过遇见你是在今世

在冒着虚汗年华的开头

和湖滨路灯阑珊的结尾

这一世，某个樱花吹雪时节

我当唯一地控诉起所有爱你时的善举

准备在千年以后　流泪

地久天长

每多认识一人

就多一份羁绊

一点悲欢

一次辐射

一元网费

和你来我往的不安分

还要联系么？

四分有事相求

三分心有不甘

两分真情

一分薄面

是如今我们

偶尔交流时的

十分思念

地久天长 2

在新开的学校
翻开新版历史教材
我仍在第一百零一页
用旧的犁铧
你在纺车边织就素娟梅花
林间的孩子还在么？
不知他们是否被删改
纸鸢，又从远处茅檐归来

我们在一幅画里男耕女织
编撰进课本，留给后来人
从有生之年到稗官野史
在历史的年月
搬走桑田，烘干沧海
如今这里已成明亮的多功能教室
里面填满无尽的后代
他们依旧男女分工
不知是否相爱

他顺便带走了房子

那年约会去剧院
他低头把票递给我时
垂落了他长长长长的发：
垂进神经末梢
垂进心脏
以及
垂进这儿的尘土
如今，我低着头在这里洒扫庭除

若非一场大意
决计不去那里糊弄晚饭：
去那里崭新的房子和拆迁的从前
去那里的停车位、废墟
去那里人情世故的高发地
以及
去那里重铺柏油的红绿灯下
询问那对少年
剧院怎么走

苏　苏

"挖蛤蜊的海边
沙子有点粗
不敢光脚丫
也没有贝壳
但是我们找了辆车，
接近黑夜时
在盘山公路
跨海大桥上兜风

"提着裙子下了海，
越走越开心
途中踩到一块
长满青苔的孤石
不知走到哪里可以停
越走到深处越开心
越走到深处越开心
……"

你还活着吗，苏苏
每天是否快乐和开心？

你不该下海的

苏苏

挖蛤蜊的海边

沙子有点粗

十日谈笔录

森林里，地狱森严
诱骗：自我救赎的诗人
我误入歧途，人

从海拔到面孔的温度——
(眼睑之上，
我看山河万里，也许长发如瀑)

你的星星只有十个昼夜
直至生活掳走舞台剧剪影
我恍惚在台下寻觅星星的影

第十一夜，不再有温润的十日谈
传说那儿有最理所应当的欲
我只是众魔中的一粒毯
飘荡过众生从不规约我的狱

灯火里，一轮羞赧的阑珊的月
再次不明羞耻地被我撞见
我俯身镜中之水，是为仰望：

词过经年，结局是

不再相见的我们偶尔流逝为对方笔下的文字

那无常的语音中心主义片段

依旧温暖、清冽、文采斐然

阿 昏

人群里肚囊比你暖，阿昏
港口太嚷太天真
妈妈很多，我心安理得
怀抱陌生人

日上三竿，期待的浮萍不来
我曾等到你正如等到轮船
——泡面和舱顶都贵，
脸色和浪花泛白

阿昏，有人误会我将你比作晚霞
倒挂在码头里男人惺忪的眼帘
肾一般，良善，圣洁
……

阿昏，我终于为你取好名字
在薄暮时分

你让渡暮色，港口续满了人

狱中题壁

某一幅苍白的墙垣，我
不能写意。这是失忆的托词
说爱到形影模糊，
不过是普通人的相思

(某一面苍白的监狱，我
为自己赎罪。掸落经年的衣尘
你误认为——阶头翻新的
尘土，替我埋葬狱卒)

所以，我在墙上使用工笔
不画荒汀远渚，也不勾皴鹊寒枝
那样，画眼睛不大合适

(将我后半辈子关入狱中吧！
"海枯石烂"也不要放我走！

请不要秋后算账
——"杀无赦"和"斩立决"
请任由我在狱中不要出来

心情好的时候，

为我送个餐饭）

顺便，我就用这两三秒的时间，再记一遍你的眉眼

〉

形 声

你在哪儿?

会不会就住在那"江""海""河""湖"

包括也代指其他:

影院门帘的风,晾衣竿下的衣物,伞下的碎雨

——三年忸忸怩怩的琐事

写满北国玻璃的哈气

想起昨夜说"今晚月色很美",

躲进厨房的我们是否毫不相关各自安好?

厌恶语言学的中文系学生意淫着

砧板上的汉字:

象形　指事　会意　形声

就用刀子和它们做个了断吧

可为什么一刀子下去

只有越切越细碎的前尘往事?

我的心是一处南国的砧板爬满裂纹

刀刃上　沾了葱花,一点儿

寻一人不遇

落日掉了下来
食堂晚饭，规矩的炊烟
正戏仿他桌上肆意的牛奶

这两天，江城雾霾
人们勤勤恳恳　朝九晚五
启明星更换了名姓：
空山新雨叫作江天暮雨
晓看天色说是暮看行云

空山，从上古大雾开始
施展其烟波诡计：
那年，画眉画错了妻
携手携岔了路
拥抱抱错了人

他喝完桌上的牛奶
终寻隐者不遇

绝交之后

我记得不久以前

大家都住在江边

有时打个照面

有时打个照面

照面的时间加起来

……

后来"时间"很长

长成门牌　小巷

不怕人生若只如初见

幸而大家都住在江边

幸而距离不是很远

后来

幸而窗外繁星满天

后来

幸而是疫情

相识的人也开始陌生

幸而不久之后

幸而半刻钟前

虽然不小心遇见

幸而灯光稀释了轮廓

幸而是暗淡的天

幸而她在唤我，你在唤他

幸而忘记戴眼镜

幸而口罩遮住脸

秋日传说

好像今天相似于明天
好像同一个演员相似于不同的角色——
一句台词读一百遍，却再读不出轻佻的倔强
和玩笑的庄严

好像秋阳相似于秋风，早六点相似于晚六点
就好像这世间所有"相似"的读音
都该读成平声①

---

① 此处"平声"特指"阴平"。

黄色预警

我一直在穷极之门外等人
天亮之前，也不怕和你们多聊几句风尘
——所以，请别误会那些摆渡时的笔调
那是我对待每个人的样子——

我在空调里浸泡一整夜
像晕湿在白纸上腐烂一半的茶叶
他说，其实只缺少一道光亮
让它重新长成金色麦粒

细数着七彩祥光驾临的时辰
眼望着已关闭数月的穷极之门
屏幕上弹出的
是今时今刻——大雾黄色预警

离合器

离家写成出走
生离念作死别

离合像醉酒后的马鞭
我是个新手，没法儿驾驭
可你说明天就要上路了

2017

我忘却我们哪里相见，赴的什么约
不知为什么，就走到同一个月亮下
昨天发放了你的月亮
赶在今宵，仰望又寻常地迟
我的月亮发配到窗外
黑夜正对它施以绞刑
它为什么要替我赎清罪孽
我虚伪地回忆，竟平安无事
虚伪到我们拥有同一个月亮
如炸弹，轰炸它指涉的万川
和人间团圆。我们依旧联络
每天和对方分享
覆盖昨天的日常
这行为不需要什么成本
却足够蕴藉和美丽

我平安无事地生活好多年
窗外有月，日常地发配自己
我终于想起我们相见的精准地址
就在"2017"

就在"2017"，自然地倒叙

我的"2017"

我的"2017"秋季

我在高温天气，不断捡回旧毛衣

今天大雪

明天，撕扯纸屑

将棉被里棉絮掏出

抛成冬天的事物

如你眸前，烫我的炊烟

抛出三五七摄氏度

留着天明时降温

抛一碗白米饭

我一个人

在灶台吃完

一口气吃下去，一场雪

在胃中凌空而下

摧毁腹中未消化的蔬菜

勤恳工作的胃液

偶遇肝肠寸断

又几逢灾年

大雪时节

又没有雪落

幕布外蔓开恒温的桃花

明天，我实在想不出

还有什么借口
继续看雪

温暖吞噬了
我对寒凉的祈愿
人们微笑着迎接春天
五六十年

旷野中人

短暂的旷野中，踱出
两个没有挂历的人
企图制造节气
制造相爱

婚姻以前，我们都是
没有挂历的人
久长的旷野后，才将就
拥有季节的人
人群里，你、我分别挑选
拥有时间的"另一半"
组成两三对儿
"他们"

世界，终于从他们制造的
第一个节气：春分
才算开始。

大寒只是第一场年纪轻轻的我们。

天 平

从古至今

十字路口持平

红灯和绿灯一样多

路边种树

一边是樱花的期望

一边是梧桐的负担

不前进也不停

黄灯有三秒倾斜的时间

残 灯

从此以后

所有的功率都忽大忽小

充电至饱和的年代

气若游丝，我们的歌声

害成微弱的棉

灯永远半昏时

月永远半明时

窗外，深色浅色的

行人背对棉帘　胖瘦高矮

不均不匀地上街

我垂直于栈道迷失了路况

在东湖或西湖，蜿蜒

那天，我多么希望

在车马邮件江南烟雨

忽明忽暗的月光再闪一次

机械远游的年代

我可以接受这些似有似无的停电

在告白声里，通宵的午后

延宕到零时

辑三 误入世界

我们在离与别之间，进行比较研究许多年

我的垂杨不象征归客
我的金子不擅长闪烁
我的浩瀚没有大海

擦　枪

被人群洗过。儿子在街上
用太阳擦遍全身，
准备回家过年，成功避开
轮胎上的水。走向门的
樱花树边，遇见几次路人
手提着刚置办的年货

儿子又遭受了几次潮湿
回家烤火。想起那年
我们肺活量大得惊人
将耳鼻呛在
布控人群的年夜饭现场
身上再无半点灰尘

虎年快乐！
这句话要不要对你说
我从父亲家中湿漉漉地出走
把烈火分给全身湿透的人

虎年快乐！虎年快乐！
想用沉默对准你的生活，又走了火

多 余

操心一座城市，如
操心一座城市的地理
北纬 30 度　东经……

问它何时知晓我的心事
问它籍贯、地理
问饮食、起居和所在的天气
"热干面、春饼"
"昼短夜长地更替"
"2 月 4 日，立春，晴转多云"

它好么？除去热搜、定期更新的报纸
它亚热带气候、3500 年历史

热干面好么？地理位置好么？
晨昏交替好么？今夜

它还好么？城市的故事
已写进中学课本，不必我关心：
"今夜，你为何仍被称作武汉

为何预报了晴空却落了雨"

2021 年 2 月 4 日，武汉，阴

二十三和二十四①

你从来走在我身后

模仿我：日出、日落、尘世繁华

模仿我艰难地指向北，红泪偷垂

秦淮以南，强说着欢期

相隔子夜、一页挂历、一两件

熬夜的身体：无法熬到天明

为你论述月又西斜，如

流水线上的古砚（梨花落尽）我们彳亍

或疾奔，依然序号相邻

没有福报，追忆昨天的死骨

不如放步归去：北方，在我腹部

祝福我的归期：

从无意做饭的生活常识中

醒来。往日清晨，他惰于砧板

残留思念般的肉冻儿，再施一层盐巴

就是一顿早饭，马虎而冷。

他正于我今日的身体大快朵颐

---

① 分别指代南北方过小年的时间。

祝我开始，不问我的归期

"二十四小时零几秒钟才是一天真实的时间"
在地球自转出现差错的腊月，他说起
腊月二十三这天（我）何时归去
零点之外，我们重叠的事故
还未及时裁剪。他依旧在我体内垂涎
你江畔那个凝固的少女

愿她步履轻盈，大踏步绊倒我怀
我们中的他们
还有两半昼夜的距离

两栖动物

被时间驱赶出海
从任意一个大洋板块

多久，我匍匐在陆地
执拗地看天

屈从引力，适应着
不用鳃呼吸的尘世

呼吸变浅，视界变浅
"天空变浅了！"

从天空开始变浅
我生在深海的童年

"杨金翰"算是我的名字

我的垂杨不象征归客
我的金子不擅长闪烁
我的浩瀚没有大海

你需领受一切离别（二）

撕开一张纸是从内部融化一根雪糕棒
想明白这件事情，也终于参悟了一种淡蓝的离别
都是从鲸落开始散播谣言：骸骨从绿洲中
宣誓，生前的太阳，如何抗议腐烂的过程

关于鲸落的研究：细菌或病毒会比牙齿更尖锐
啃食背影的人，或是一只曾经紫色的鲸鱼。
"谁先开始，生态系统和上一段比喻的本质"
因为世界引力，惧怕海面平静的浮标：
阳光和船只的倒影谁先摔落在地上

我们在离与别之间，进行比较研究许多年：
有多少次晚归，从门内侧撞见执意向外的人，
磨蹭收拾行李到日暮到新的一天，说：雪，
还没有开始凝结，等明天的日历
被融化成为可以自然流淌的崭新的时间

年过去很远才知道，我不是那么适合
一出生被定义为自然老去，和所有飞溅的感官
被安排在寒冷的不冻港里，大胆图谋幸福

假如雪糕依然会先于夏天，学会融化

我会选择更主动和温暖的方法

从头趋近暑热：先松花酿酒，再春水煎茶

回　声

阳光比街道厚出
一个天地的高度
而我唤了你一声，
街道慢慢变厚
拱起我们，在珠峰
并肩躺卧
阳光变薄
薄薄地镀我们一层金
而我唤了你一声"妹妹"，
这一刻，我们赘余的肉
依旧寒凉刺骨
我会比你更主动地问，
而我唤了你一声
而我唤了你一声，妹妹
以后

南 渡

没有报道一次地震
晚安以后，我以我险峻的心脏
坐落在辽东丘陵
每跳动一节地图，怦怦
比纸还轻

轻轻的涟漪，轻轻，怕海截停

楼里上楼

被天花板的数字

截停七次

你用身体截停我

落日截停落日

世界竣工

药　方

二十年用餐时间

吃下太多次"离别"的词

味美、高脂，囫囵

在消化后

窗边明月，已沸腾多年

去年开始减重

白面已透支明年的麦子

今年用餐有你陪着

餐前，你会用吻

衔走

我身前晚餐

我不必再吃离别牌健胃消食片

趁夜吻你在唇边

顺便吻去一个苍凉的词

我们的身体相互浸透

抵成沉默的碗口

再次地，漏掉一个黑夜

在缓慢而马虎的世界

所有的长椅为你我

点灯

淤泥之子

形容新的科技

得心应手地运用农耕文明的语言

选中这些幸福的词

它们往往自然存在或发明很久

"麦地""斧头""洞穴"

"春天""燕子""桃花"

铝材窗旧了，帘子新买

感叹山雨欲来，帘子用清朝的

不用现代的

于是摊开纳兰容若

说风渐渐，说雨纤纤

微信一片新绿，

细细添春愁

"消息无人发"说成"花无人戴"

"提问箱无人答"

说"醉无人管"

新华字典刚好可以述尽

清明上河图

未深陷淤泥中

唐诗三百，语言的篮子总是空空

买　电

我今天负责点亮你的心房
明天负责点亮你的心室
去十公里外的桃花源
买电，零点送入你的房子
我撬开了锁，却叩不开门
没有什么再为你点灯
门缝里是我有限的黑夜
塞一张纸，上写一首
更加明亮的现实主义的诗：
夜间仍是清晨，醒来我蜷进
只会给你发微信的矮门
黝黑只够一个人
楔子写满日出时分，我
将那电插入杂剧的生活一截
每一折 wifi 的墙面
依旧躺着，排队蓄满了人

零上四十八度

相隔二十摄氏度
于是我今生无法理解
你下楼拿快递
为何挥汗如雨

今世，我顶雪漂泊
防止汗水冰冻
他们要长久带给我
劳动的光荣
置换我们在低地
不能拥抱的忧伤

那年我醒来以后
所有不惑成云
我们各自拥抱
漏雨多年的弱冠
重新出发
寻找街头卖伞的人

山城冰雕羊肉

——小寒，流经重庆，按习俗，岸上的人应吃羊肉

它们控制水，防御水：

"节气""河道""你密封的身体"

……

为"真理"起义　杀戮自己的形状　水分子从水中逃亡出去

我汇入长江　不愿冰冻　岸上的重庆应吃着羊肉火锅

北方的海湾薄薄凝结着我的同类

这是一次去重庆的纨绔旅行：一路上偷窃着摇荡川谷的河流

一路上领受季风、寒露、梅雨……丰沛我的思念

我的体积已占据半部版图　冒犯至东经107度、北纬30度的城

日历之上的渝北"数九寒天"　　小寒，终冷于我的认知

整座城市"凝固"成冰。

只剩一座山形城市的模型　窗户格子里坐满冰雕羊肉

5A级景区复制于我查阅过的某旅游攻略；最新的理发店

不会拥有门牌、简介　和你熟悉的、我未知的坐标

你的头发涂满永不褪色的染发剂

你戴着上次见我的眉目　冰封在山城①

春天　为了将你流逝　我们一起做水
而你如今却是　滔滔河床外　人形坚冰里
不愿被流逝的东西

---

① 记忆中凝固的人们，一次见面就是一次融化。

勇 敢

我的鲜血很甜，如果生命是晚餐
在井井有条的年纪，总该为自己，轻狂一次

在地平线、海平线、晨昏线上。踱着
诗人、职员、偶像、平民的步子，小心翼翼

你说："我从未见你如此优柔寡断！"

病　前

一会儿的零时、
我决意诊断自己　大病；
母亲的电话：
日——夜　劝我
求生
"积极工作""健康生活"

我抬起头骨
可以摸见我素未偷看过的
淋巴，如我的夙愿
不规则地，爬；
如生活的寻常。
我会在下下次见到我时窥探
我的生理计划表：

我计划于昨日
即将出发时
继续诊断，或
诅咒：
凌波门；零时

看车子

运载落日的姿势，半只鸟从玻璃飞过

出于对你的信任

可是，

我该如何信任我？

你说

"放心吧"

"绝对"和"彻底"地；

你抛掷的信号

代表安全

你赘余的词语

铿锵有力：

砸向我

创造我

所以

每一次

我该

如何信任我？

短暂的相信

长久的疑惑

驳斥着

虚构经验的总和

路　径

我做过的最懒的事情

是躺在家中自己的屋子

用手机

给家里座机打电话

爷爷奶奶在屋外大厅里接听

我要向他们报告

爸爸晚上终于

可以回家吃饭的好消息

是好消息

不是坏消息

这是我做的最最勤劳的事

误入世界

那年照镜子
爱上了镜中的人
我揣着爱慕走进
再也没出来

"就在那里
一日三餐一年四季"
互相信任地活着
活成传记、真相、杨金翰
或一句俗套的语言

春天来了

有没有门不知道
门边有没有高墙不知道
墙有多高不知道
有没有窗不知道
窗外有没有铁栅不知道
有没有天空不知道
有没有日落月升不知道
有没有不知道

喜欢我的人出不去
我喜欢的人进不来
门锁了，门开了，门不见了
听说在柳城路一条雾水候补的街道
春暖花开、门庭栉比
发生过什么不知道

同样一段爱情故事

他读了前半截

开始剥夺我

不增不减一字

初恋对号入座着我

归因于幻想症

是的，我正在拙劣地表演

将你忽略在人群的尾巴里。

演砸了，因不知你何时离去。

只留意过你从角落起身，去关门，又折了回来。

棕黑色的门口，填满寒冷的走廊。

你注定历经裹着绒衣仍需发抖的劫难。

灯光已从门槛落下：

不需要一个贪嗔的月，照亮你前方的楼道。

它要在遥远的地方，模仿你眸外的眉弯；

要将你领到北方的广场上，照亮你的眼：

里面映出江南东畔淡灰色的海岸。

你额前的卷发，被吹成暗金色浪花。

终于，在凛冽的水龙头下，我寻常清洗我的视野。

我的寿命又少了一世。

回来的路上，我虚构了一生的我们。

失明之前

将电脑屏幕调节成合适的亮度
这些年，它从我的身体吸收多少养分：
我初次见它时清澈的眼
我童年光滑多汁的皮肤
和我不经辐射的心

所以那时，我还是善于心动的人，
我的身体被世界吸收多少养分：
她的眼眶抽走我的神经细胞
他的权力吸附我的虚荣
漆黑的楼宇没收我的轮廓
地铁口吞噬我的肉身
……
是地球永远的引力
我跳跃，像一块凌空的磁铁

而如今吸收我的，只剩这张电脑屏幕
我对着它从事我和世界的一切
我将这个世界还给它

梦　诊

晚樱，另外一种降临，北方没有如此缠绵的
约定。山川湖海间，秦岭-淮河线，此为别

北方是男人，南方是女人，北方的北方还是女人
昨天，你偶然路过，天阴，探病者和地心引力失联
巴赫金在时空体的沙龙客厅慰问我的病情

第十九天，探病者没来，我看见医药点滴和左右两个故乡，
在朋友的老生常谈里粗糙难看起来——
我的乡思病容成了夜猫的兴趣
清隽和情满于山的文字被蝴蝶窃据

他们，只是，只是凭借着挂号单来寻觅
或是凭着父亲三层书架的医理书刊

我只能盛好花蜜静静等待，和喑哑搜集饼干渣的病人
在花落的时候，我们正好可以过冬

以及蜷缩在晚樱怒放的，干湿参半的雪中。

冰箱里的柠檬

一只意志不坚的柠檬爱上了芥菜花
我就坐在这儿，白色的刀面临着两难的选择
一刀，像切开多汁透明的芥菜，淡黄、翠绿
两个颜色的气息，像我，像你
凑成一个莫比乌斯环和三只小虫

其实，我只想在最初和最后的秋天，吃一只
只有柠檬味道的柠檬

怦 怦

第三天凌晨

我终于看见青色的橘子

我后悔那天微芒暗夜

听你剥下青袍

怦怦

跳出盘

跳入海

跳入撒糖的盐水

跳入永生不遇

和我没画好的彩虹

速写越描　越浓

我轻描淡写　淮北

就像我曾

在长江边嗅着

你的西伯利亚长风

雨前的雨

雨前的雨，不再冷冷满地。悖论是似非而是
当意境倦于词语，沉寂倦于荒芜
个体的喜乐与卑微，也无心描述

雨前就躲在火炉里，火炉外还是火炉
那些陌路是因为幽径上填满坑洼
的容貌。离去，就这样跌跌撞撞地

雨轻敲着窗。白日也很无聊，你看
知了正欢愉地唱和着，三月骄阳之外
被诗人宠坏了的光阴

地狱春天

——致敬波普拉夫斯基

黎明

地狱天使和梦幻的斗争

一边看丹佛的风景

一边采撷死亡的玫瑰

当太阳缓慢地下山

世界变得幽暗、冰凉和透明

美妙的黄昏充满微笑与声响

我们乘坐月亮的飞艇

玩了一整夜

抬首看子夜的星辰

在没有尽头的旷野

诗人说，人们都带着火

夜伫立在白色的道路上

相信或者不相信

三色堇峰顶的湖泊上

有一首关于奇迹的歌

温柔天平

——致敬波普拉夫斯基

阳历年和阴历年是相等的
时差不经意间产生
海岸遥远。悲伤，安静，狂喜
在白昼灵魂的幽暗中
是谁掉入太阳，放声歌唱
炼金术师的高脚杯里
永恒晃动着海水

鹰飞过旗帜
自天空回家
星星在浅蓝色的钢琴上问，你是谁
我是苦难与幸福的塑像
进行着方向不明的旅行，你们呢

太阳不知道　有时候
命运的脚踝由金子做成
我们忘掉了早晨
夜的街道点燃了自己的火焰
天空向天平抛下的
是幸福纸牌和悲伤纸牌

一个盗贼的浪漫

野花瓣囚在清晨
野花枝塞满昨晚月里
以防你
日月同辉时
行窃

下床或清晨空气

我坐在高处
空气没有那样稀薄
阳光没有那样充沛

我即将起床
回归低地
远方是洗手间还是落日
取决于我
和我的行吟

是歌颂细节，
还是孤独的青藏；
歌颂管道，
还是寂静的流水

我坐在高处
羡慕窗外
小河清澈、
小河流动
羡慕它可以这样地去孤独

湖滨的猫

(湖滨有猫，复姓端木，长发，状如人)

(见猫，有痴儿癫，猫不理)

暖风空调的旅店，只有很冷时

才配拥有安然坐卧的名姓

除却站起身，顺理成章地烤我

于是我半跪在案上保持思索的高度：

月把池塘吞入腹中方为晴夜

我不得不弯下腰来捡拾消失的倒影

等勺子被一碗橘子稀释

我曾用它画出白纸上唏嘘的猫儿

一个零部件让牲畜变得可怖

我深谙这其中的风流与不搭

心想是不是有什么误会

让湖滨的猫儿不再湿润可爱

我开始多疑于晴夜，候选一夜的雨水

(湖滨有猫，复姓端木，是夜，喵声骤停)

清晨晚秋

一个钟头前

静止的人还在午后穿着背心

楼下的奶奶抱一把扇子

像抱着一碗生命之源

我从远处的黄昏来

咕咚咕咚，稀释掉一半的肺

气喘着回到书桌

撕几张空白

在体征满足活的需求后

总需要写几行情诗

来煎熬过暑热

我想了一夜

直到五谷丰登的季节

今年真是好收成

农民都很快乐

目的虽有

在卧室：天台的距离不远
空调旁，飞走了
明天的麻雀

自然和人工趋于自动
嘈杂和寂静
冷热均齐：空调遥控器
灯光遥控器、电视遥控器

被子叠成被子　手机静音
镜片被白昼摘下
高瞻天气　夜间、ta 的城市、
南风二级、湿度……
市井整饬　我从不忧惧风雨

凌晨，忘了第几次起夜
我趴在极简的空白镜框边
观照执念；而 ta 在天阙

重复着用剪刀砍水。

大面积降雨

今天
天气预报会说
遥远的城市，雨
天气：
早饭时分，未知
午饭时分，未知
下午茶时分，未知
未知时分，未知
（足够多未知）
此时此刻：剩余且唯一
睡前，"中雨转阴"
晴朗的夜空时分
你那边，中雨转阴

可是今天，
天气预报说的却是：
大面积降雨，全国降雨
不论哪个城市，雨：
雨披　雨伞　雨衣
你那边的天气和全国是一样的

大家都是对流天气

所以，没什么好关心

车外山河

年纪轻轻的一日

公交上不愿让出座位

——尊老的和平义举后

怕众人赞叹和欣慰

车窗外山河

模糊轮廓，风光安好

楼畔的江边，

车水马龙倒踩离合

一排似茄菜，一行是樱羹

某个爷爷（也许是爸爸）

在车前和灯尾叫卖斜阳

——掠过别家的灯火

另一个我开始微笑

此岸江流邂逅渔歌

平庸的途中，企图找寻

第二条地平线

"苏苏，请再听我一首情诗吧！"

听我不经心地敷衍彼岸的窗外

若写山河，我只会附和

那年，我的诗中

只会写"我"

午睡的手

中午，我只想睡觉，因为
潦倒的字迹，独立站着，勉强
写字的手，老练，写字的手，图案纵横
有连缀　圆点的细线　当世界，黄昏
昏黄。像足球外表
在残缺的沃土上
勒索线条

中午，我没资格睡觉，却
有资格见证血脉般栩栩的河流
在古老的图案里涌动，提心吊胆
没有山川，暗流追求到尽头　四块岩石
一线天里的骨骼，暗潮漫延沟壑
（这景色，如果勉强说
算是景色）

那么，我会握紧双拳，盯紧指茧
然后在下一秒，对着图案，选择不看
以及倚马可待之后，选择一个中午
——选择一个没有岩石的
清秀梦乡

词　穷

你不胖，也不瘦
只是热衷这样一种温雅的形容
请宽恕我糟糕的记性，宽恕
我总记不起你第三缕发丝的颜色

"你挺好看"，这样，也无伤大雅
至于其他的，我实在想不起
该用什么词语，这好比说

我不饿，也不馋
只是喜欢这样一种合理的搭配
可以是　　　星辰与杯子；
　　　　　　　　　泡沫与甜饼干；
或者　　　　　江城街头卖糕的时节，
　　　　　我在星汉灿烂的温粥里
　　　　　扎进一脸

你

游乐场跌进大海
你造了旋转梯子，
绕过海底的鱼儿、小山，和礁石
我从南瓜屋里钻出，
被天光吸引
心冷却成磁铁，往上爬

岸上
我看见朝思暮想的奶奶
你督促我去搀扶她

没有巧克力饼干和茉莉花

没有巧克力饼干和茉莉花

开心果填满肚子和欲望

静谧的太阳下　静卧着

素色笔架里的书笺

和精心雕镂的玫瑰

那些金色的下午

被表演出来的失意打发着

当黄昏挤满锈色的苔

天空和灵魂暗淡

有一位梵高式的诗人

才想起楼上那些没摸过的书本

他在那扇窗边守了整整一月

暴风雨来临的时候

突然破碎的窗户纸

他从不在乎

爱与美食的小艇

被调皮的小海波越推越远

因为再远一点

就能飞上蓝天了

忘

有心事不怕
出去理个发吧
一头钻入那方寸大小的
混着各种发屑的
堆着零碎钞票的
闪着刺眼招牌的
渗着浇薄世风的
小小的、窄窄的、昏昏的
又带着奢侈的、明快的、紊乱的
节奏的空间

谁说剪不断理还乱
我的头顶曾是游戏人间的土地
从草长莺飞的三月
到秋风踏遍荒野
我宁愿要后一种

小孙子和小孙子爷爷

"一半是恶魔，一半是明媚。绝症以前是肆无忌惮的青春
我亲手目送你走进透明的医院，不挂号，也不打针，
你头也不回地笑　只是青春　本该一场无疾的诊

去年这时候你十九岁，江湖门前的笑，南锣里浓密的发与眉
今年这时候你六十岁，自行车座后小孙子唤你一声，每天
天使对坟墓，讲启明星与长庚的故事
明年的这时候你该七十六岁　你有一双温暖的翅膀，云端
盘桓。保护你的小孙子

小孙子喜欢变脸，收集各式各样的面具
最著名的有两个，一个叫喜具，一个叫悲具
悲具被小孙子爷爷抢了去，喜具留给小孙子"

一条叫 A 的河流

棹越来越慢
鱼以为和 A 之间，还有一苇以航
船以为路程还很远
可是明夜就到了岸

暴雨忏悔着当初以为——
珠落断弦的雅意

A 流向 B
你说
你只喜欢 A 清澈的水

刚刚好

腻人的花季后
空调开暖风
秋雨凉透了
温粥一刻钟
小花瓷碗空空
小草喝饱了
听伴雨的微波
轻轻一声。

粥
可以喝了吗

眉豆意外掉入馒头锅

眉豆意外掉入馒头锅。

陆军医院的取号处

堆满了黄澄澄的馍

哄抢着嘶吼，

比谁先跳出锅

眉豆被挤出好远，

面点师傅无奈地笑

也不知挤的什么身份，

争的啥子角色。

锅外守株待兔的，

有黄色素、漂白粉和保鲜膜

也不调味，也不上桌

却最怕吉并先生突然问

晚餐吃什么

"不怕！不怕！"

刚好揭起一锅——

几小瓣干瘪眉豆

和没发起的黄面疙瘩。

窗边的棉被

推开那条堆满小吃摊的街道
掀开烤串味弥漫的白日
迎面吹来的是叫嚣着开会、轰趴和刷夜的人群

二十三点三十分，空调太冷
我想象着 KTV 里的柳城
一定枕着一叠精致的麦克风，
盖着厚厚的歌曲

春 夏

春夏
发梢飘着小雪花

春夏
她在窗前数窗花
那时还是小女孩儿　澄澄澈澈不记得　从前日子像辽河

春夏
跑去天台放烟花
那年元日还幼小　犹犹豫豫不敢放　半边月色也挺好

春夏过去
春夏的奶奶去世了
奶奶说……

隐　喻

胃　有七窍
疼　是长眠者的第六感
难兄难弟似心与肝
入口是凌晨一点，划向天明
眠，是韩教授嘴里的无定代词

文人（一）

酒樽前佯醉

然后附庸风雅

文绉绉地向人抱怨

好像自豪地说

"瞧，我多伟大！"

打了杯子

碎了镜子

摔了电话

唯一能做的

就是颤巍巍扛起笔来比画比画——

风雨操场上的风雨

绝望坡下的绝望

情人坡畔的情人

也罢也罢

用多愁善感掩饰江郎才尽的尴尬

把年少轻狂当成自我堕落的砝码

今天风好大

江城夜　我不想归家

文人（二）

晨光涌进窗
爬下帘
然后窜进镜子
镜子里有个人
在伏案写着什么

阳光从镜中跳出
跳上一把木椅
木椅上坐个人
在伏案写着什么

他在写什么呢

文人（三）

黑夜里呷一口凉白开
像一片雪花扑进火热的尘埃
他等待失意
像黑夜等待黎明

黑夜里喝一碗凉白开
为他心渴难忍，口苦难言
一次久违的凛冽的邂逅——
清欢

他清醒在这懵懂长夜
明早的微光比夕阳还要壮烈
清漏里明月旖旎
他看见夜色变成深蓝

黑夜里灌一壶凉白开

他不止一次幻想过
此时此刻　东方的白

白日里

他仿佛很倦怠

像佳人倦于才子

明月倦于大海

文人（四）

口诛笔伐着无情者

意马心猿着过路人

然后

把这些谬论竖过来念

噫——

只剩下去爱一个语气词

然后向他学写口语诗

因为这样

我就可以风轻云淡地

描述昨天的故事

烟　波

如果世界洁白，牛奶比水清澈
母亲和奶牛哺育了门前
二十年小河

落　山

你的太阳每天都在发生
习惯性地弃置
深渊

因为你的黑暗和我的黑暗
正在黄昏的空谷传响
乱丢在有湍流的少壮时
河水最好带着三十七度的余温
温软、平静如一张床
每天有人睡去有人醒来
死后我们会回忆前生
怎样光荣地坠落，从生还处漂流

图书在版编目（CIP）数据

近视 / 杨金翰著. -- 武汉 ：长江文艺出版社，
2024.6
ISBN 978-7-5702-3565-0

Ⅰ. ①近… Ⅱ. ①杨… Ⅲ. ①诗集－中国－当代
Ⅳ. ①I227

中国国家版本馆 CIP 数据核字 (2024) 第 095436 号

近视
JINSHI

责任编辑：王成晨　　　　　　　　　　　责任校对：毛季慧
封面设计：李　鑫　　　　　　　　　　　责任印制：邱　莉　　王光兴

出版：长江出版传媒｜长江文艺出版社
地址：武汉市雄楚大街 268 号　　　　邮编：430070
发行：长江文艺出版社
http://www.cjlap.com
印刷：武汉市籍缘印刷厂

开本：880 毫米×1230 毫米　　1/32　　印张：5.625
版次：2024 年 6 月第 1 版　　　2024 年 6 月第 1 次印刷
行数：3308 行

定价：42.00 元